E POÈME

DE

LA CHARITÉ

PAR

A. FAYET.

MOULINS,
MARTIAL-PLACE,
Libraire-éditeur.

LYON,
Bureaux de la
SEMAINE RELIGIEUSE

PARIS,

DENTU,
Au Palais-Royal.

Louis **GIRAUD,**
11, rue des St-Pères.

1866.

LE POÈME DE LA CHARITÉ

DU MÊME AUTEUR,

Chez les mêmes libraires :

—

LE POÈME DE LA FOI, in-18.   .   .   1 fr.

LE POÈME DE L'ESPÉRANCE , in-18. 1 fr.

LE POÈME

DE

LA CHARITÉ

PAR

A. FAYET.

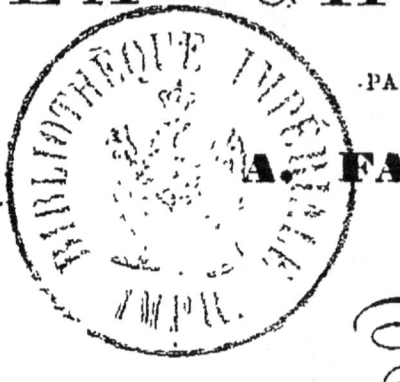

MOULINS, | LYON,
MARTIAL-PLACE, | Bureaux de la
Libraire-éditeur. | **SEMAINE RELIGIEUSE**

PARIS,
DENTU, | **Louis GIRAUD,**
Au Palais-Royal. | 11, rue des St-Pères.

1866.

AVANT-PROPOS.

La Charité est le nom que le Christianisme a donné à l'amour. La religion s'empare de tous les sentiments de la nature, de toutes les facultés de notre âme ; elle les élève, les transforme et les surnaturalise en leur donnant un but supérieur et céleste. L'*Eros* antique, c'est l'appétit sensuel, la passion égoïste et terrestre, la flamme naturelle et aveugle. L'*Eucharis* chrétienne, c'est l'aspiration épurée, c'est le souffle céleste, emportant Psyché au-delà des horizons terrestres, dans les sphères de l'idéal divin et de la grâce.

Il y a donc deux amours, comme il y a deux hommes en nous (1) ; ou plutôt, il n'y a qu'une flamme dans notre sein ; mais cette flamme tantôt flotte et s'abaisse dans les basses régions du sensible, tantôt s'élève aux sources de la Beau-

(1) **Primus** homo de terra, terrenus ; secundus homo de cœlo, cœlestis. (Ep. I. Cor. XV, 47).

té pure , et franchit le créé pour se reposer en Dieu. Cet élan surhumain de notre âme vers le monde supérieur, s'appelle la Charité. La poésie de notre temps s'élève trop rarement jusqu'à cet idéal ouvert à nos regards par le spiritualisme chrétien. Elle en est encore à s'égarer sur les fleurs malsaines d'un sensualisme presque païen, ou si elle cherche plus haut , elle va se perdre dans les espaces vides et nuageux du panthéisme.

Il y a une voie plus lumineuse pour la muse nouvelle, c'est l'inspiration de l'idée chrétienne. Dans les trois recueils que j'ai publiés successivement, *la Foi*, *l'Espérance* et *la Charité*, j'ai essayé d'y faire quelques pas à la suite de quelques illustres modèles. Vienne un grand poète , le poète que l'avenir attend et qui arrivera à son heure, et le monde alors aura la vraie poésie , celle qui mettra fin aux chants de l'adolescence, la poésie de l'âge viril de l'humanité !

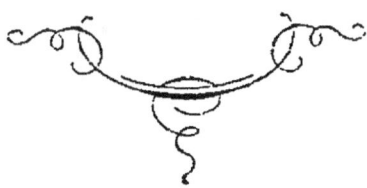

INVOCATION

I.

INVOCATION

Dëus charilas est.
(S. JEAN. 1. IV, 8, 16)

Quand l'éternelle nuit, flottant sur les abîmes ,
Du monde informe encore enveloppait les cîmes ,
Sous ton ai'e puissante échauffant le cahos ,
Pour les rendre féconds , tu voguais sur les flots ;
Ton souffle, Esprit divin , courant sur la matière ,
Des flancs noirs du néant fit jaillir la lumière ,
Et l'homme s'éveillant aux feux du premier jour,
Fit monter jusqu'à toi l'hymne de son amour.

Un rayon paît, la nuit profonde
Fuit devant le Verbe éternel ,
L'aurore illumine le monde ,
Les astres roulent dans le ciel ;
La terre de fleurs se couronne ,
Dans l'herbe l'insecte bourdonne
Ou danse aux rayons du soleil ,
Le bœuf mugit, le flot murmure.
L'oiseau gazouille, et la nature
Tressaille à son premier réveil.

Tu luis aussi pour l'homme, Esprit vivant; ta flamme
Brûle dans notre sein , illumine notre âme ;
A travers les erreurs où court l'Humanité,
Tu fais devant ses pas briller la vérité.
Le monde s'égarait ; du fond de leurs retraites ,
Ta voix , pour le conduire , appela les prophètes :
Moïse , l'œil en feu , renverse le veau d'or ,
Et de ses fiers accents le désert tremble encor ;
Sur ses coursiers de feu je vois passer Elie ,
Et ta flamme a touché les lèvres d'Isaïe ;

L'avenir se dévoile aux yeux de Daniel ;
De ses cris menaçants le sombre Ezéchiel
Epouvante Sidon , Memphis et Babylone ;
David chante au désert ou pleure sur le trône ,
Et depuis trois mille ans , au pied de nos autels .
Sa harpe jette encor ses soupirs immortels.

Et c'est Toi qui, fondant toutes ces harmonies ,
    N'en formais qu'une voix ;
Ces âmes exhalaient leurs douces symphonies
    Et parlaient sous tes doigts.
Ainsi sous les arceaux des vieilles basiliques ,
    Quand de ses vastes flancs
L'orgue jette, en grondant, ses chants mélancoliques
    Ou ses soupirs brûlants ,
On dirait que les sons de cette immense lyre
    Se croisent au hasard ,
Que de ses mille voix les échos en délire
    Se confondent sans art :
La cymbale frémit et la trompette tonne ,
    Le rustique hautbois
Chante , le vaste orchestre ou soupire ou résonne ,

Tout murmure à la fois ;
Seule , une âme pourtant domine en souveraine
La divine chanson ,
Et maître de ses chants, l'artiste les ramène
Aux lois de l'unisson.

Mais l'erreur sur le monde étend ses sombres voiles,
Sur l'Humanité pèse une nuit sans étoiles ,
De la société le froid gagne le cœur ,
L'amour remonte aux cieux, l'égoïsme est vainqueur;
L'homme est un vase impur d'où déborde la lie ,
L'enfance est outragée et la femme avilie ,
Aux autels de Vénus l'univers est courbé ,
Et le Sage orgueilleux dans la fange est tombé...
Ciel ! quel rayon subit éclaire la nature !
D'un souffle impétueux écoutez le murmure !
Le Cénacle soudain s'ébranle et l'Esprit-Dieu
Sur les hérauts du Christ descend en traits de feu.
Le monde entier tressaille au contact de ses flammes;
Un vertige divin s'est emparé des âmes ,
Et le vieil univers , secouant son sommeil ,
Salue à l'horizon l'amour , nouveau soleil.

Aux lueurs de l'aube nouvelle .

Déjà reprenant leur chemin ,

Les peuples où Dieu les appelle

Marchent en se donnant la main ;

Voyez, la Foi, qui les devance ,

Eclaire leurs pas ; l'Espérance

De son doigt leur montre le ciel ,

Et pour charmer leur long voyage ,

La Charité les encourage ,

Et leur verse , en riant , son miel.

L'astre monte , à torrents la lumière circule ,

Et devant ses rayons la nuit sombre recule.

L'homme connaît son prix , l'esclave est racheté,

Dans les codes s'inscrit le mot d'humanité.

Sous le souffle divin qui crée et purifie

Renaissent la science et la philosophie.

L'Evangile éclaircit les dogmes de Platon ,

Et sa morale efface et Socrate et Zénon.

Alexandrie accourt aux leçons d'Origène .

Chrysostome s'assied dans la chaire chrétienne ,

Et l'univers s'étonne aux accents d'Augustin.

Puis l'inspiration passe à Thomas d'Aquin,
Et sa flamme immortelle, en sa course infinie,
Brille, et de siècle en siècle éveillant le génie,
Vient toucher en son vol, à son dernier jalon,
Le front de Bossuet, l'âme de Fénélon.

Esprit, c'est encor toi dont les touches secrètes
      Eveillaient dans les cœurs,
Dans le calme et la paix des pieuses retraites,
      De mystiques ardeurs.
Alors au bruit des flots mourants sur la falaise
      La prière gémit,
La solitude chante et l'âme de Thérèse
      Dans l'extase frémit ;
Alors des cloîtres saints la charité déborde,
      S'épanche en vives eaux,
Et la mansuétude et la miséricorde,
      Pour consoler nos maux,
Se partagent le poids des misères humaines.
      Puis l'Esprit souffle encor,
Alors le beau s'épure ; et l'art, brisant ses chaînes,
      S'élève, prend l'essor ;

L'artiste au pur foyer des sphères idéales
Allume son flambeau ,
S'élance dans le ciel et pour ses cathédrales
Rêve un type nouveau.

Ah ! puisse , en s'épanchant , cette source sacré·
Rendre un peu de fraîcheur à la terre altérée !
L'éclat de ces beaux jours , hélas ! semble éclipsé.
Sur le monde parfois passe un souffle glacé.
La Charité s'éteint dans le froid égoïsme ,
La croyance faiblit et cède au scepticisme ;
Esprit , flamme incréée , oh ! verse dans nos cœurs
Tes célestes rayons , tes divines ardeurs !
Descends, comme autrefois au milieu du Cénacle ;
Pour refleurir la terre a besoin d'un miracle ;
Les âmes pour sortir de leur pesant sommeil ,
Les yeux vers l'horizon , attendent le soleil.
Esprit , souffle de Dieu , flamme , essence première ,
Qui du sein du chaos fis jaillir la lumière ,
Souffle encor sur le monde et comme au premier jour,
Verse , verse à torrents les feux du saint amour.

LA SOURCE

L'eau que je lui donnerai à boire
sera comme une source qui re-
jaillira dans la vie éternelle.
(S. JEAN, IV, 14.)
Le christianisme a placé la Charité comme un puits d'abondance
dans les déserts de la vie.
(CHATEAUBRIAND)

Là-bas , au pied du grand chêne ,

Sur l'arène ,

La source , en toute saison ,

Roule avec un doux murmure,

Son eau pure

Qui rafraîchit le gazon.

L'onde coule avec mystère
Sous la terre,
Puis s'échappe à gros bouillons,
Et s'en va, vive et courante,
Transparente,
Abreuver les verts sillons.

Le frais cresson la tapisse
Et se glisse
Le long de l'étroit canal ;
Parfois la bergeronnette
Vient, coquette,
Se mirer dans son cristal.

Sur le flot clair qui s'épanche
L'arbre penche
Ses rameaux chargés de pleurs,
Et le rossignol sauvage,
Sous l'ombrage.
Fait son nid parmi les fleurs.

Sur ses flots la demoiselle

Etincelle ,
Et dans les chaudes saisons ,
Agneaux et brebis fécondes ,
Dans ses ondes ,
Baignent leurs blanches toisons.

La source en courant scintille
Et babille
Avec les fleurs de ses bords ,
Et leur fait, sur son passage ,
Le partage
De ses limpides trésors.

Et le gazon , sur la rive ,
Se ravive ,
Et du flot pur sent l'éveil ,
Le thym , sur l'aride grève ,
Se relève ,
Et refleurit plus vermeil.

Ainsi passe sur le monde

Qu'il féconde
Le flot de la Charité ,
Et sa fraîcheur immortel'e
Renouvelle
Le cœur de l'humanité.

HYMNE AU RÉDEMPTEUR

III.

HYMNE AU RÉDEMPTEUR

> Venez à moi, vous tous qui tra-
> vaillez et qui êtes fatigués, et je
> vous soulagerai.
>
> (MATTH. XI, 21.)
>
> Le plus grand miracle de Jé-
> sus-Christ, c'est le règne de la
> Charité.
>
> (NAPOLÉON.)

I.

Toi qui sus réunir en ton âme sereine

La Charité divine et la tendresse humaine,

Je t'adore à genoux, Jésus, doux Rédempteur !

O Fils de l'Eternel, tu t'es fait notre frère,

Et depuis deux mille ans en toi le monde espère,

Et cherche dans le ciel ton nom consolateur.

Comme une étoile amie , au milieu de l'orage ,
Aux vaisseaux égarés montre au loin le rivage ,
Ainsi dans notre exil ton nom sacré nous luit.
A ses douces lueurs toute âme le devine ;
De ses rayons divins notre nuit s'illumine ,
Et sans crainte d'errer l'Humanité te suit.

Pour nous servir de guide aux terrestres vallées ,
O Christ , tu descendis des sphères étoilées ;
Toi qui régnais en maître au céleste séjour ,
Tu connus les douleurs , les peines de la terre ,
Et parmi les mortels exilé volontaire ,
Tu parcourus la voie où t'entraînait l'amour.

II.

Oui, c'est l'amour qui t'a fait prendre
Les traits d'un enfant gracieux ,
C'est l'amour qui te fait répandre
Les pleurs qui coulent de tes yeux,
Dans cette crèche où je t'adore ;
C'est l'amour qui retient encore

Celui qui tonne dans les cieux.

Lorsque la vie encor pour tous n'a que des charmes,
Déjà de la douleur tu connais le poison ;
Dans les yeux de ta mère, enfant, tu vois des larmes,
La croix du Golgotha se dresse à l'horizon.

Tu grandis, d'une humble carrière
Ton âme accepte les fardeaux :
Vingt ans, l'ombre d'une chaumière
Cache tes pénibles travaux.
Ah ! ton exemple fortifie
L'homme qui souffre, et de la vie
Il accepte et comprend les maux.

Tu vins sanctifier la peine et la souffrance :
L'outil de l'ouvrier longtemps durcit ta main,
Et d'un obscur foyer partageant l'indigence,
La sueur du travail assaisonna ton pain.

III.

Dans ta doctrine, ô Christ, la Charité respire,

Cette vertu divine en assure l'empire.
Assis sur la montagne et le front dans le ciel ,
Je t'entends proclamer le dogme universel :

« Heureux le pauvre , heureux celui qui souffre et
» C'est à lui qu'appartient la céleste demeure ! [pleure,
» Heureux ceux qui sont doux, heureux l'homme au
    cœur pur ,
» Dieu leur promet les biens du royaume futur !
» Heureux qui sent la faim , la soif de la justice,
» Son cœur du ciel un jour goûtera le délice !
» Lorsque vous présentez votre offrande à l'autel ,
» Au fond de votre cœur si vous sentez le fiel ,
» Allez d'abord fléchir l'âme de votre frère ,
» Et puis vous reviendrez offrir votre prière.
» On a dit aux anciens : œil pour œil, dent pour dent,
» Et moi, je dis : soyez toujours condescendant,
» Pardonnez à celui qui vous jette la boue ,
» A celui qui vous frappe offrez encor la joue.
» Aimer son bienfaiteur , haïr ses ennemis ,
» Voilà ce qu'on disait autrefois ; moi , je dis :
» Dans l'homme qui vous hait voyez toujours un frère

» Pour vos persécuteurs ayez une prière ;

» De votre Père ainsi vous serez les enfants ,

» Son soleil verse à tous ses rayons bienfaisants ,

» Au méchant comme au juste il partage la pluie ,

» Et tous peuvent bénir sa clémence infinie.

» Votre frère a dans l'œil une paille , et l'orgueil

» Ne vous laisse pas voir la poutre dans votre œil ;

» Ne jugez point autrui, Dieu dont la main est sûre,

» Se servira pour vous de la même mesure. »

Ainsi parle Jésus , et je vois à ses pieds

Les pauvres, les petits , les êtres oubliés.

Pour verser dans les cœurs le miel de ses paroles .

Il enseigne la foule en simples paraboles ,

Et de l'éclat du dogme il tempère les traits.

Ses miracles divins sont encor des bienfaits ;

Il ressuscite un fils pour consoler sa mère ,

Il a vu pleurer Marthe , il lui rendra son frère.

Du zèle de l'apôtre il modère l'ardeur,

Il est persécuté , jamais persécuteur.

Sur la cité coupable il pleure de tendresse ,

Il relève et bénit la femme pécheresse ,

Il touche les enfants de ses divines mains ,
Mange avec les pécheurs , pardonne aux publicains ,
Et baigné des parfums , des pleurs de Madeleine.
Soulage , en souriant , toute misère humaine.

IV.

L'insulte , les tourments , l'abandon , la douleur ,
    Dans les angoisses du supplice ,
Comme une vaste mer ont inondé son cœur ;
    Sa lèvre épuise le calice ;
Mais l'amour reste encor comme un céleste don
    Au fond de son âme brisée .
Et pour bénir un peuple égaré , le pardon
    Tombe de sa bouche épuisée.
Sous un cruel baiser quand sa lèvre a frémi ,
    Pour toucher l'apôtre perfide ,
Il ne trouve en son cœur que le doux nom d'ami ;
    Et pendant qu'un soldat avide
De sa tunique au sort partage les lambeaux ,
    Le Dieu , cloué sur le Calvaire ,
Le regard vers le ciel , meurt , et pour ses bourreaux

Murmure encore une prière.

V.

Jésus, toi qui vécus, souffris, mourus pour nous,
Divin crucifié, je t'adore à genoux.
Que le sophisme doute et que l'orgueil raisonne,
Moi, je vois dans ton cœur la flamme qui rayonne,
Ton amour, ta douceur, ta céleste bonté,
Et j'adore, et je crois à ta divinité.
Tu pleures avec nous, j'embrasse ton symbole ;
Ta doctrine est d'un Dieu, puisqu'elle nous console.
Le siècle en vain voudrait renverser tes autels ;
Fondés sur tes bienfaits, ils seront éternels.
Tant que l'âme de l'homme, exilé sur la terre,
Connaîtra la douleur, la peine et la misère,
Tant que nous trouverons, en regardant les cieux,
Des soupirs dans nos cœurs, des larmes dans nos yeux,
Tant que le genre humain sur son lit de souffrance
S'agitera, ton nom, symbole d'espérance,
Sera béni ; toujours on verra les mortels
Comme des suppliants embrasser tes autels ;

2

Ton culte a dans nos cœurs sa racine profonde ,
Il doit durer autant que les maux de ce monde ,
Et les infortunés , consolés par ta foi ,
Ne voudront point d'ami ni d'autre Dieu que toi

LE LEVER DU SOLEIL

IV.

LE LEVER DU SOLEIL

Visitavit nos oriens ex alto.
(Luc. 1 , 78.)

I.

Il fait froid , le brouillard pleure et sous les ormeaux
    L'oiseau jette ses cris funèbres ;
Et courbant en son vol la cîme des rameaux,
    Le vent se plaint dans les ténèbres.

Un souffle glacé court sur les gazons flétris ,
    Et de la lune solitaire
Quelques pâles rayons , dans un ciel morne et gris ,
    Glissent à peine jusqu'à terre.

Le pâtre dans la nuit erre , et devant ses yeux
    Ne voit plus scintiller l'étoile :
La barque sur les flots cherche en vain dans les cieux
    Un astre pour guider sa voile.

Mais le soleil se lève à l'orient , la nuit
S'efface à l'horizon , tout s'éveille , tout luit.
Comme un océan d'or l'immensité rayonne ,
La montagne des feux du matin se couronne ,
De longs torrents de flamme ont sillonné les airs ,
La vie et la lumière inondent l'univers.

        Tout se renouvelle ,
        La plaine étincelle
        De jets lumineux ,
        Et sous la rosée
        La terre irisée
        Lance mille feux.
        L'enfant qui s'éveille
        Vers l'aube vermeille
        Tourne son regard ,
        Et la douce flamme

Va réchauffer l'âme
Du pauvre vieillard.

La brise soupire ,
Et tout ne respire
Que joie et bonheur ;
Les troupeaux bondissent ,
Les bois reverdissent ,
La timide fleur
De son vert calice
Entr'ouvre et déplisse
Les pétales d'or ;
Le papillon frêle
Déroule son aile
Et prend son essor ;
Caché dans la haie ,
Le lézard s'égaie ;
Dans un chaud rayon
La mouche bourdonne ,
Et l'oiseau fredonne
Sa vive chanson.
La rose vermeille
Présente à l'abeille

Ses plus frais trésors ;
Le ruisseau murmure ,
Et son onde pure
Jaillit à pleins bords.
Au sein des prairies ,

Les herbes fleuries ,
La mousse et le thym ,
Relèvent timides
Leurs tiges humides
Des pleurs du matin.
Jusque dans l'abîme
L'algue se ranime ,
Et lorsqu'un rayon
Glisse sur la plage,
L'humble coquillage
Sort de sa prison.

II.

Comme une brume épaisse enveloppant le monde ,
Le mensonge et l'erreur voilaient les cieux obscurs ;
L'homme prostituait ses vœux , encens immonde,

Aux autels de ses dieux impurs.

Il faisait nuit dans l'âme humaine .

Et comme le Fellah sur la plage africaine ,

Le monde s'en allait , haletant , sans espoir ,

Traînant les longs anneaux de sa pesante chaîne.

La force remplaçait le droit et le devoir.

A la femme , à l'enfant le mépris et l'outrage ;

Tout l'avenir du faible était dans l'esclavage ;

      Le maître s'appelait Néron ,

Et le vice , fait dieu , montait au Panthéon.

Mais le soleil du Christ à l'orient se lève ,

A l'horizon lointain brille la Charité ;

L'astre à pas de géant monte , et l'Humanité

Sent courir en son sein une nouvelle sève ;

Sur son lit de douleur l'homme s'est soulevé ,

Partout renaît l'amour , et le monde est sauvé.

      Sur la terre entière

      Jaillit la lumière ,

      Et le ciel sourit ;

      La grâce féconde

Descend sur le monde ,
Le désert fleurit.

La terre épuisée
Reçoit la rosée
Qui tombe du ciel ;
Une source vive
Verse à pleine rive
Le lait et le miel.

Le pauvre respire ,
Le riche s'inspire
D'un esprit nouveau.
La pâle souffrance
Voit de l'espérance
Briller le flambeau.

Des vierges pieuses
Vont , silencieuses ,
Aux bords du chemin,
Chercher la misère ,
Et servir de mère
Au pauvre orphelin ;
Puis de saintes femmes,
Pour guérir les âmes,

Leur parlent des cieux ,
Et de leurs mains pures
Pansent nos blessures ,
Des pleurs dans les yeux.
De pieux asiles
Aux âmes fragiles
Offrent le repos ,
Et les nefs lassées ,
Y dorment bercées
A l'abri des flots.
L'apôtre fidèle
Qu'enflamme le zèle
De la sainte loi ,
Bravant les orages,
Aux lointains rivages
Va porter la foi.
Une ère plus belle
Partout se révè'e ,
Et l'Humanité
Sent en sa poitrine
La flamme divine
De la Charité.

L'EUCHARISTIE

V.

L'EUCHARISTIE

> Tous les sacrifices et ces choses auxquelles préside la science sacrée, et par lesquelles la divinité s'unit aux hommes, ont pour objet la conservation de l'amour.
>
> PLATON.

> Ce pain et ce vin mystique qui nous sont présentés à la table sainte, brisent *le moi* et nous absorbent dans une inconcevable unité.
>
> J. de MAISTRE.

I.

Le printemps dans les airs a secoué ses ailes.

Mai fleurit les lilas et les roses nouvelles.

Le soleil matinal à peine de ses feux

Baigne les horizons, les sommets lumineux,

Et déjà dans les tours les cloches balancées
Mêlent leurs lents accords et leurs voix cadencées.
La fête enfin commence et des temples sacrés
La foule, en longue file, inonde les degrés.
Sous leurs aubes de lin les prêtres, les lévites
Suivent, les yeux baissés, leurs bannières bénites.
Du sein des rangs soudain des chants religieux,
Vibrants et solennels, s'élèvent jusqu'aux cieux,
Et des groupes d'enfants tout rayonnants de joie,
Pendant qu'à flots pressés la pompe se déploie,
Pour honorer le Dieu caché dans l'ostensoir,
Balançent devant lui les feux de l'encensoir,
Et puis, sur son passage épanchant leurs corbeilles,
Jonchent le sol de lis ou de roses vermeilles.
Le cortége à pas lents s'avance, les tambours
Soutiennent les clairons de leurs roulements sourds;
Et déroulant au loin ses flots, un peuple immense,
Le rosaire à la main, marche et prie en silence.
On va par le chemin tous les ans visité,
Et les tilleuls en fleurs qui longent la cité,
Versent des profondeurs de leurs feuillages sombres,
Avec leurs doux parfums, la fraîcheur de leurs ombres,

Tandis que les oiseaux , cachés près de leurs nids ,
Charment de leurs accords les rameaux rajeunis.
Tout tressaille et prend part au merveilleux spectacle;
Dieu pour nous visiter sort de son tabernacle .
Et dans la sainte hostie invisible et présent ,
Répand dans tous les cœurs un calme bienfaisant.

II.

Salut , divine Eucharistie ,
Source d'amour , céleste pain !
Dieu Sauveur, caché dans l'hostie,
Salut , victime anéantie
Pour le salut du genre humain !

Les vieux temps ont plus d'un symbole
Où la foi sait te découvrir ;
Jéhovah dit une parole ,
Et dans Isaac qui s'immole
C'est le Christ qui devait mourir.

Victime sainte et prophétique ,
L'agneau pascal est immolé ,

Et l'Hébreu sous ce type antique
Voyait déjà le sang mystique
Qui sur nos autels a coulé.

Errant sur les pas de Moïse,
Les fils d'Israël, au désert,
Recueillaient la manne promise,
Et sur les autels de l'Eglise
Le même pain nous est offert.

Pour désaltérer l'âme humaine
Coule le sang réparateur,
Comme on voit dans l'aride plaine
Jaillir les eaux de la fontaine
Sur les lèvres du voyageur.

La grappe que le pressoir foule
Donne son flot ensanglanté ;
Ainsi du sein du Christ s'écoule
La source qui verse à la foule
Et la grâce et la charité.

Salut, divine Eucharistie,
Coupe d'amour, céleste pain ;
Dieu Sauveur, caché dans l'hostie,
Salut, victime anéantie
Pour le salut du genre humain !

III.

Mais de la foi du peuple élégant témoignage,
Un simple autel se dresse à l'ombre du feuillage,
Et sous un dais de mousse aux flexibles arceaux,
Dont l'art a dessiné les mobiles berceaux,
Le prêtre a déposé la sainte Eucharistie.
Sur les fronts inclinés il promène l'hostie,
Et la grâce descend sur la foule à genoux,
La main du Christ se lève et s'abaisse sur tous.
Auprès de leurs enfants, le cœur ému, les mères
Au pied des saints autels répandent leurs prières ;
Le vieillard dont le fils soutient les pas tremblants,
En présence de Dieu courbe ses cheveux blancs.
Un souffle divin passe, et la foule pressée
S'incline et se recueille en la même pensée,
Et chacun, plein des dons qu'il vient de recevoir,
Se lève, et dans son cœur sent renaître l'espoir.

LA ROSÉE

VI.

LA ROSÉE

Faites le bien dans le secret, et
votre Père céleste, qui voit tout,
vous le rendra.
MATTH. VI. 4,

Ne faites pas seulement l'au-
mône, faites la charité ; les œu-
vres de miséricorde soulagent plus
de maux que l'argent.
J.-J. ROUSSEAU.

Sous le soleil brûlant la fleur mourante incline,
    Penche son front ;
L'herbe, pour se nourrir, plonge en vain sa racine
    Au sol profond.

Les cieux sont embrasés ; les cressons des fontaines
    Penchent flétris ;

Les bœufs haletants cherchent au fond des plaines
Les flots taris.

Mais la nuit est venue , et la fraîcheur des ombres
Sort des grands bois ,
La brise se réveille, et sous les rameaux sombres
Gémit sa voix.

Et quand le jour renaît , la terre est reposée ,
Les champs fleuris ,
Et les feux du soleil sèment dans la rosée
Mille rubis.

La rosée en secret tombe avec abondance
Sur les gazons ;
Ta divine Eucharis ainsi dans le silence
Sème ses dons.

MARIE

VII.

MARIE

Ego mater pulchræ dilectionis.
Eccli. xxiv. 24.

I.

Le chef-d'œuvre du ciel, c'est le cœur d'une mère.
Et lorsque Dieu voulut, souriant à la terre,
Lui faire ce présent céleste, au cœur d'Adam
Il emprunta d'abord quelques gouttes de sang,
Et sous ses doigts divins, avec délicatesse,
Mêla la pureté, la grâce et la tendresse,
De son savant travail premiers linéaments :
Puis, en un seul rayon, de ces trois éléments
Il fondit la substance, et posa cette flamme,
Comme en un saint foyer, dans le cœur de la femme.

II.

Notre monde est doté, la terre a son trésor :

Mais les âmes , le ciel , ils attendent encor.

Dieu parle , je vois naître une forme plus pure ,

Et la femme, à sa voix, soudain se transfigure.

La Vierge immaculée est née , et l'Eternel

Concentre sur son front tous les rayons du ciel.

Dans cet être céleste il unit , il mélange

Les grâces de la femme et la splendeur de l'ange.

L'étoile qui scintille au fond d'un ciel d'azur ,

Sur les bords d'un ruisseau le lis n'est pas si pur ;

Et l'ange dans les cieux , les âmes sur la terre

Ont reconnu Marie et salué leur mère.

LA FLAMME

VIII.

LA FLAMME

Ignem veni mittere in terram.
Luc, xii. 49.

Sous le ciel gris et lourd la bise tourbillonne,
　　Fouette la neige et le grésil ,
Tandis qu'au fond de l'âtre, où la flamme rayonne,
　　Le grillon mène son babil.

Près du foyer brillant la mère s'agenouille
　　Toute rêveuse, et de sa main ,
Tant que dure la laine autour de sa quenouille ,
　　Attise les feux du sapin.

Dans l'enceinte profonde où la flamme se joue
　　L'enfant aime à se reposer ,

Et pendant son sommeil , la mère sur sa joue
  Dépose un humide baiser.

A la douce chaleur qui s'échappe de l'âtre,
  Le vieillard rêve et suit des yeux
Les longs enroulements de la flamme bleuâtre
  Et ses reflets capricieux.

L'homme aussi dans son cœur porte une sainte flamme:
  C'est l'amour , c'est la charité ;
Et ce feu bienfaisant illumine son âme
  D'une radieuse clarté.

Sur les autels du Christ le divin flambeau brille ,
  Pur rayonnement de son cœur ,
Et pour les réjouir , au monde , à la famille
  Verse la vie et la chaleur.

En vifs sillons de feu s'épanche la lumière ,
  Tout se ranime à ses rayons ,
Le captif au cachot , le pauvre en sa chaumière ,
  Le mendiant sous ses haillons.

Le doux rayon descend au foyer de la veuve ,
A la fois brille en mille lieux ,
Et la race d'Adam, sous le poids de l'épreuve,
Relève son front vers les cieux.

La charité répand sa lumière sereine
Dans les ombres de notre nuit ,
Et quand ses feux divins brillent, dans l'âme humaine
L'espérance rayonne et luit.

L'ANGE

IX

L'ANGE

Pourquoi n'y aurait-il pas, dans
le paradis , des pleurs tels que les
bienheureux peuvent en répandre?
CHATEAUBRIAND.

De l'Amour infini l'éternelle puissance

A prodigué la vie et semé l'existence

     Dans l'espace sans fin ;

Ainsi que dans les champs il sema la poussière ,

Partout il fit jaillir l'esprit et la lumière

     Comme un fleuve divin.

L'Eternel a parlé : s'éveillant dans l'extase ,

Pour briller devant lui le Séraphin s'embrase,

    · Eclair vivant et pur ;

4

Le Chérubin, vêtu de flammes immortelles,
Au souffle créateur ouvre soudain ses ailes
      Et fend les flots d'azur.

Des essaims radieux habitent chaque étoile,
Dans un jour éternel la nuit jamais ne voile
      Ces brillants univers,
Et la création, sur sa lyre infinie,
Y répand à toute heure, en torrents d'harmonie,
      Ses immortels concerts.

Et pourtant, lorsqu'au ciel la troupe fortunée
Songe à notre misère, à notre destinée,
      Des pleurs mouil'ent ses yeux ;
Et des palais divins quittant la paix profonde,
L'Ange abaisse son vol, et vient dans notre monde
      Pour nous parler des cieux.

Voi'ant à nos regards sa brillante auréole,
Le céleste gardien encourage et console
      Les esprits d'ici-bas,
Quand notre cœur faiblit et que notre âme doute,

Inspiré par l'amour , il aplanit la route
Et raffermit nos pas.

L'une vers l'autre ainsi chaque sphère s'incline ,
Et , comme un câble d'or , la charité divine
Suspend la terre au ciel ;
L'homme n'est jamais seul, l'Ange lui dit : Mon frère !
Il compte ses soupirs et porte sa prière
Jusqu'au trône éternel.

SAINT VINCENT DE PAUL

X.

SAINT VINCENT DE PAUL

> C'est en cela que tout le monde connaitra que vous êtes mes disciples, si vous vous aimez les uns les autres.
>
> JOANN., XIII, 35.
>
> Le paradis de la terre est comme celui du ciel dans la charité.
>
> S. VINCENT DE PAUL.

I.

A l'ombre des grands bois, aux pieds des Pyrénées,
Aspirant les senteurs des fraîches matinées,
L'enfant, le cœur joyeux, conduisait son troupeau ;
Le soir , à l'horizon quand mourait la lumière ,

Il rentrait , à pas lents , murmurant la prière ,
Sous le chaume où le ciel abrita son berceau.

Calme, heureux, de la vie il ne sait que les charmes,
Et pourtant dans ses yeux il sent naître des larmes.
Et trouve des soupirs dans le fond de son cœur ;
Un jour , il s'en souvient , il vit pleurer sa mère ,
Et le pâtre innocent comprit que sur la terre
Il est des malheureux brisés par la douleur.

Son père lui disait qu'on trouve dans les villes
Beaucoup d'infortunés sans secours , sans asiles ,
Des orphelins en pleurs qui demandent du pain ,
Des cœurs jeunes encor flétris par la souffrance,
Des femmes dans la vie allant sans espérance ,
Et des pauvres tombés sur les bords du chemin.

Un jour , dans le saint livre il lut cette parole :
« Je suis le Dieu Sauveur et le Christ qui console,
» Venez donc tous à moi, venez, vous qui souffrez ;
» Recueillir l'orphelin et lui servir de père ,
» Visiter les captifs , soulager la misère ,

» C'est verser des parfums sur mes membres sacrés. »

Et l'enfant obéit à la voix qui l'appelle ;
Il ira , ce héraut de la bonne nouvelle ,
Semer , à pleines mains , la charité , l'amour ;
Armé de la parole , au nom de l'Evangile ,
Pour réchauffer le monde et la terre stérile ,
Il donnera son âme , il sera prêtre un jour.

II.

Vincent prête l'oreille , et des cris, des blasphèmes,
Sombre écho de l'enfer , sortent des noirs cachots ;
Le morne désespoir habite les trirèmes ,
Et de sa voix stridente épouvante les flots :

« Nous voilà donc tombés au fond du précipice
    » Où le destin nous entraîna !
» Et ce que dans le monde on nomme la justice
    » Dans ces cachots nous enchaîna !
» L'enfer est tout entier dans cette affreuse geôle ;
    » Là, comme on fait d'un vil bétail,
» Le fouet de l'argousin sillonne notre épaule ;

» Toujours la chaîne et le travail !
» Pour le galérien il n'est plus de famille ;
» S'il espère, la loi dit . non !
» Et comme un vil stigmate au front pur de sa fille
» Un jour on jettera son nom.   [fance,
» On nous berçait pourtant, aux jours de notre en-
» De l'espoir d'un monde immortel ;
» Mais le monde aujourd'hui nous défend l'espérance,
» Le cachot seul est éternel !.. »

Et le prêtre disait : « Pourquoi douter, mon frère,
» Qu'au ciel votre nom soit inscrit ?
» Ah ! vous pouvez encor dire à Dieu : Notre Père !
» Vous êtes le frère du Christ.

» Il n'a pas du Calvaire oublié la promesse ;
» Sa bonté vous attend toujours ;
» Vous pouvez retrouver, comme la pécheresse,
» L'innocence des premiers jours.

» Pour vous rendre la paix que votre cœur réclame,
» Il n'attend de vous qu'un soupir,

» C'est pour purifier les souillures de l'âme ,
    » Qu'il a créé le repentir.

» Ouvrez donc votre cœur aux saintes espérances
    » Du ciel où Dieu vous appela ;
» Et pour porter vos fers, partager vos souffrances,
    » Regardez , frère , me voilà !..»

Et le prêtre au forçat enlevait ses entraves ;
Le silence régnait dans le bagne éperdu ;
Et le respect courbait ces fronts ternes et hâves ,
Devant l'ange du ciel au cachot descendu.

III.

Il est nuit ; chaque mère a fermé sa demeure.
Au détour de la rue une voix d'enfant pleure ,
Et la foule bruyante et sourde à ses soupirs
Passe , jette un regard et court à ses plaisirs.
Les feux de la cité commencent à s'éteindre.
L'enfant n'a déjà plus la force de se plaindre ,
Et la bise a glacé ses membres amaigris.
Mais voici que de loin le prêtre entend ses cris ,

Il accourt , et bientôt sous leurs habits de bure
Deux femmes ont caché la frêle créature.
Dans un asile saint par la croix abrité ,
Comme un présent du ciel l'enfant est adopté.
Sa mère le renie , et la Charité sainte
A , pour le recueillir , préparé cette enceinte.
Un berceau le réchauffe , on veille à ses besoins ,
L'orphelin d'une mère a retrouvé les soins.
Des servantes du Christ , filles de la prière ,
Fuyant , pour servir Dieu , les plaisirs de la terre ,
Sur les pas de Vincent , aux enfants sans secours ,
Prodigues de leur vie , ont consacré leurs jours.

IV.

Mais un jour , ô douleur ! les murs du saint hospice
Ne peuvent plus suffire aux victimes du vice ;
La charité se lasse , et trompant ses efforts ,
Des besoins renaissants épuisent ses trésors.
Que faire ! Faudra-t-il que ces orphelins meurent !
Vincent sera-t-il sourd à tant de voix qui pleurent !
Pour sauver , pour nourrir ces êtres innocents ,

Son cœur , sa charité seront-ils impuissants ?

Non , l'apôtre en appelle encore au cœur des femmes.

On s'assemble, Vincent se lève : « Or sus, Mesdames,

» - Dieu vous fit adopter ces enfants nouveaux-nés

» Que leurs mères du monde avaient abandonnés.

» Voyez, si de vos cœurs étouffant les murmures ,

» Vous voulez délaisser ces faibles créatures.

» Leur vie est en vos mains, vous, leurs mères par
    choix ,

» Prononcez leur arrêt, je vais prendre les voix , [se

» On ne peut plus attendre, il est temps qu'on connais-

» Si vous gardez encor pour eux quelque tendresse.

» Vous êtes aujourd'hui maîtresses de leur sort,

» Un *oui* sera leur vie , un *non* sera leur mort. »

Il dit , et les sanglots , les larmes lui répondent ,

Et dans un saint élan tous les cœurs se confondent.

v.

Et le pâtre régnait dans les hauteurs du ciel.

La foule sur la terre entourait son autel ,

Versant avec ses pleurs l'encens et la prière ;

5

Et les voix des enfants , des femmes , des vieillards
Vers son trône immortel montaient de toutes parts,
Comme un concert formé des hymnes de la terre.

VOIX DES ENFANTS.

Autour de nos berceaux nous regardions en vain.
Pour nous sourire, hélas ! nous n'avions plus de mère;
Pauvres déshérités des bonheurs de la terre ,
On s'éloignait de nous quand nous disions : j'ai faim !
Seul il vit nos soupirs , seul il sut les entendre.
Le ciel avait formé son cœur pour nous comprendre,
Il nous servit de père et nous donna du pain.

VOIX DES JEUNES FILLES.

Comme la fleur tombée aux carrefours des villes ,
Sous le souffle du vice et de la volupté ,
Hélas ! nous allions voir flétrir notre beauté.
Qui donc nous soutiendra si jeunes , si fragiles !
Mais il osa descendre aux fanges du chemin ,
Comme le bon pasteur il nous prit par la main ,
Et pour notre jeunesse ouvrit de saints asiles.

VOIX DES VIEILLARDS.

Après les durs travaux sont venus les vieux ans,
Et dédaignés de tous, courbés par la vieillesse,
Nous allions à la mort, le cœur plein de tristesse.
Point de fils ni d'appui pour nos pas chancelants.
Mais le Ciel prend pitié de nous, il nous envoie
Un ami dont la main aplanit notre voie,
Et qui sut couronner d'honneur nos cheveux blancs.

Et de ces mille voix la céleste harmonie
Environnait l'autel du pâtre glorieux ;
Et dans l'espace immense, une voix infinie
Disait : « Paix sur la terre et gloire dans les cieux ! »

LA CHATELAINE

XI.

LA CHATELAINE

> Si chacun faisait tout ce qu'il
> peut faire, sans se gêner, il n'y
> aurait plus de malheureux.
> DUCLOS.

La bise dans les airs souffle sa froide haleine,
L'automne au fond du val a semé les frimas ;
Sous les arbres en deuil passe la châtelaine,
Et par l'étroit sentier qui sillonne la plaine,
A travers les halliers, elle marche à grands pas.

Au murmure des vents elle prête l'oreille,
Sa levrette, œil au guet, bondit sur le chemin,

Et Marguerite suit ; elle a, dans sa corbeille,
Mis le sucre, le jus glacé de la groseille,
Le vin, le pur froment, la layette de lin.

Dans son lit cependant pleure la pauvre mère ;
De son sein épuisé les ruisseaux sont taris ;
Le vent glacé du Nord ébranle sa chaumière,
Et sa huche est sans pain, son foyer sans lumière,
Son fils n'a plus de père et nul n'entend ses cris.

Le cœur ému, d'abord la châtelaine hésite.
Puis de sa douce main elle entr'ouvre le seuil,
Elle entre à petits pas, fait signe à Marguerite,
S'approche en souriant de la veuve interdite,
Et lui cachant les pleurs qui roulent dans son œil :

« Le Dieu dont la bonté nous donna l'existence,
» Prend toujours soin de nous, et le Christ a dit vrai :
» Il m'envoie aujourd'hui calmer votre souffrance ;
» Courage ! au fond du cœur conservez l'espérance ;
» Soignez bien votre enfant ; adieu, je reviendrai. »

Et la veuve a compris; se soulevant à peine,
Elle compte, à travers les rideaux de son lit,
Les présents étalés sur le coffre de chêne ,
Tandis que, pour bénir la bonne châtelaine,
Ses petits bras tendus, l'orphelin lui sourit.

Et la dame au château s'en revenait rêveuse,
Son pied plus leste encor court sans se reposer;
La campagne à ses yeux semblait plus radieuse ;
A son chaste foyer elle rentrait heureuse
Et donnait à son fils un plus tendre baiser.

LE MISSIONNAIRE

XII

LE MISSIONNAIRE

Tout est vanité sur la terre,
excepté le bien qu'on y fait.
MANZONI.

I.

Soufflez, légers zéphirs, et glissez dans les airs,
Et de ma voile enflée écartez les orages !
Vaisseaux qui sillonnez le vaste sein des mers,
Partez, emportez-moi vers les lointains rivages.

Mon cœur, en te quittant, a failli se briser,
Foyer où du bonheur j'ai savouré les charmes !

Ma mère m'a laissé son âme en un baiser,
Et sur ma joue en feu je sens encor ses larmes.

Terre où pleure ma mère, où dorment mes aïeux,
Je te laisse, en partant, la moitié de ma vie ;
Pourtant j'espérais vivre et reposer près d'eux,
Mais Dieu le veut, je cours où sa voix me convie.

Je ne vous verrai plus, frais vallons, vieux manoi
Dont le toit séculaire abrita mon enfance,
Vieille église où souvent je vins prier le soir,
Bois sombres dont j'aimais la mousse et le silence ;

Je ne vous verrai plus ; le vaisseau part, adieu !
J'ai tout quitté ; la terre à l'horizon s'efface ;
Sur l'immense océan je suis seul avec Dieu,
Je n'ai plus devant moi que le ciel et l'espace.

II.

Maintenant je suis libre, et sur les grandes eaux
Je m'abandonne au souffle, à l'Esprit qui m'appelle
Faible apôtre, je porte à des peuples nouveaux
La parole du Christ et la bonne nouvelle.

Une terre inconnue est là devant mes pas ,
Et de l'Esprit nouveau je lui porte les flammes ;
Quand l'Europe s'épuise en stériles débats,
Fuyons, et pour le ciel allons gagner des âmes.

Chez ces peuples errants dans la nuit de l'erreur,
C'est moi qui planterai la croix qui civilise ,
Je courberai leurs fronts aux pieds du Dieu Sauveur,
Et l'eau sainte en fera des enfants de l'Eglise.

Sur ce monde, ô Jésus, jette un rayon divin.
Qu'il bénisse ton nom et qu'il le sanctifie ;
Eclairer leurs esprits, leur montrer le chemin
Pour monter jusqu'à toi, c'est le but de ma vie.

Silence ! n'ai-je point vu, par-delà les flots,
Sur des cîmes d'azur se jouer la lumière ?
Salut, champs bien-aimés où dormiront mes os ,
Recevez un ami, recevez votre père !

III.

Je vais mourir, enfin ma tâche est terminée ;
Enfin brille le jour promis à mon désir,

Le temps vient de sonner ma dernière journée,
    Enfin, je vais mourir !

Comme un soldat du Christ, toujours à l'avant-garde,
J'ai combattu, vingt ans , les combats du Seigneur,
Et je meurs, sous les yeux du ciel qui me regarde,
    Sans reproche et sans peur.

Ces fils que j'ai formés pour la céleste vie,
Entourent mon grabat qu'ils arrosent de pleurs ;
Ils viennent consoler de ma len'e agonie
    Les suprêmes douleurs.

Je leur ai dit le nom de leur céleste Père ,
Au sein de leurs forêts ils savent le bénir ;
Ah ! quand on a rempli son devoir sur la terre,
    Qu'il est doux de mourir !

Pour t'envoler à Dieu, mon âme, ouvre ton aile ;
Anges, visitez-moi sur mon lit de roseaux ;
Sur vos pas je m'en vais, dans la joie éternelle ,
    Oublier mes travaux !

Soyez béni, mon Dieu ! Dans ma rude carrière,
Votre croix a toujours brillé devant mes yeux ;
Et je m'endors en paix, je vais revoir ma mère
Qui m'attend dans les cieux.

L'ABEILLE

XIII.

L'ABEILLE.

L'avette va voltigeant çà et là,
au printemps , sur les fleurs ,
non à l'aventure , mais à dessein ;
non pour se récréer seulement à
voir la goie diaprure du paysage,
mais pour chercher le miel.
S. François de Sales.

L'aube à peine s'éveille ,

Déjà la vive abeille

Sur la rose et le thym ,

A travers la prairie

Humide et refleurie ,

Va cueillir son butin.

Sur le lis , sur la rose ,
Elle vole et se pose
Pour ravir ses trésors ,
Et dans leurs frais calices ,
S'enivre de délices ,
Roule son petit corps.

La brise souffle à peine ,
Le soleil dans la plaine
Brûle tout de ses feux ;
L'intrépide ouvrière
Poursuit sur la bruyère
Ses travaux et ses jeux.

Vers sa ruche elle vole ,
Puis verse à l'alvéole
Son liquide trésor ;
Et son aile de gaze ,
Façonnant chaque vase ,
En forme un rayon d'or.

Et l'ouvrière agile

Dans le secret distille
Les doux présents du ciel ,
Et pour l'âme brisée ,
Pour la lèvre épuisée
Elle pétrit son miel.

L'astre du jour se voile ,
Déjà la pâle étoile
Se lève à l'horizon ,
La lune au ciel rayonne ,
L'abeille encor bourdonne
Sur les fleurs du gazon.

Ainsi toujours butine
La Charité divine ,
Et sa céleste main ,
Partout sur notre terre ,
Glane pour la misère
Un peu d'or et de pain.

LE PRESBYTÈRE

XIV

LE PRESBYTÈRE

Un bon prêtre est un commen-
taire vivant de l'Evangile.
LAMARTINE.

Le moine et le curé sont les
compagnons du pauvre.
CHATEAUBRIAND.

Comme un nid sous les fleurs , l'église du village
A l'ombre des ormeaux cache son toit pieux ;
Et la croix du clocher , perçant l'épais feuillage ,
Domine l'horizon et monte vers les cieux.
A quelques pas de là , modeste et solitaire ,
Près de l'enclos funèbre où dorment les aïeux ,
Entouré d'un jardin , s'ouvre le presbytère.

Dans les paisibles murs de cette humble maison,
Où règnent tour à tour la prière et l'étude ,
Un homme a de sa vie enfermé l'horizon ;
C'est là qu'il vit en paix , libre d'inquiétude.
Le bruit des passions , les tourments de l'orgueil ,
Respectent le repos de cette solitude ,
Et de l'asile saint n'osent franchir le seuil.

Mais la douce maison du pauvre est visitée ,
Le voyageur parfois y vient frapper , le soir ;
A ce foyer béni , sûre d'être abritée ,
L'indigence , en secret , timide vient s'asseoir ;
L'orphelin seul au monde y vient pleurer son père,
Toute âme délaissée y retrouve l'espoir,
Et la vie un instant lui paraît moins amère.

Que le mourant l'appelle , et la nuit et le jour ,
Le prêtre à son chevet est là qui le console
Et réveille en son cœur l'espérance et l'amour.
Il enseigne aux enfants le céleste symbole ,
Et sans chercher à plaire , à montrer son savoir ,
Le dimanche , expliquant la sainte parabole ,

Au riche comme au pauvre il apprend son devoir.

Dans l'ombre et le silence ainsi coule sa vie ;
u monde, à ses honneurs il ne demande rien,
't pendant cinquante ans il se cache, il s'oublie ;
a seule ambition est de faire du bien.
l meurt, et quand pour lui s'ouvre le saint asile,
armi les morts obscurs dont il fut le gardien,
'ans la paix du Seigneur il repose tranquille.

LA QUENOUILLE

XV

LA QUENOUILLE

Elle file la laine et le lin ; elle
veille pendant la nuit et distribue
la tâche à ses servantes.

SALOMON.

O quenouille , présent de la
sage Minerve , c'est toi qui inspi-
res le travail et l'économie à la
mère de famille!

THÉOCRITE.

La flamme dans l'âtre brille

Et scintille ,

Au dehors le ciel est noir ,

C'est l'heure où dans le silence ,

Se commence
La longue veille du soir.

Au coin du foyer, rêveuse,
　　La fileuse
Etend ses blanches toisons ;
La quenouille est toute pleine,
　　Et la laine
S'y roule en légers flocons.

Le fuseau tourne, elle mêle
　　Sa voix frêle
Aux accords de ce doux bruit,
Et pendant que tout sommeille,
　　Elle veille
Dans le calme de la nuit.

Tandis que d'une voix lente
　　Elle chante,
Dans son trou noir, le grillon
Mêle à sa mélancolie
　　L'harmonie

De sa plaintive chanson.

La robe doit être prête
Pour la fête
De son enfant au berceau ;
Ce jour ne tardera guère ,
Et la mère
Laisse courir son fuseau.

Sur sa couche où , frais et rose ,
Il repose
Ainsi qu'un ange , voici
Que l'enfant semble lui dire,
D'un sourire :
Merci , ma mère , merci !

Puis pour le vieillard débile
Elle file
La chaude laine ou le lin ,
Ou de ses doigts elle tisse
La pelisse
Qui doit couvrir l'orphelin.

Elle sent luire en son âme ,

Vive flamme ,

La céleste charité ,

Et dans son sein goutte à goutte ,

Elle goûte

Une sainte volupté.

LA SŒUR DE CHARITÉ

XVI.

LA SŒUR DE CHARITÉ

> Elle a choisi la meilleure part.
> Luc, x, 42.
> La femme est une fleur qui
> n'exhale son parfum qu'à l'ombre.
> Lamennais.

A mes sœurs , à ma mère hier j'ai dit adieu.

Silence donc, mon cœur ! Pourquoi verser des larmes ?

Le monde et ses plaisirs pour moi n'ont plus de char-
        mes ;

Mes désirs vont au ciel , et je suis toute à Dieu !

Aux vains bonheurs d'un jour le cloître me dérobe ;

Adieu, terre ! en retour des amours d'ici-bas,
J'aurai l'amour du pauvre ; et ne verrai-je pas
L'orphelin s'abriter sous les plis de ma robe ?

J'irai sur son grabat consoler le mourant,
Aux lèvres de l'enfant j'apprendrai la prière,
Je serai pour le pauvre une sœur, une mère ;
Ah ! pour les aimer tous mon cœur n'est pas trop
    grand !..

Je saurai, s'il le faut, franchir les mers lointaines ;
La moisson des douleurs sous tous les cieux mûrit ;
Tout homme est à mes yeux frère de Jésus-Christ ;
J'appartiens tout entière aux misères humaines.

Quand je me donne à Dieu, pourquoi verser des pleurs ?
En quittant les plaisirs, j'ai quitté peu de chose ;
Un jour ne voit-il pas naître et mourir la rose ?
Les bonheurs d'ici-bas passent comme les fleurs...

Comme ici je respire une atmosphère pure !
Mon cœur est inondé d'une ineffable paix,

Pour faire un peu de bien je vivrai désormais ,
Et la mort me prendra sous ma robe de bure.

A l'ombre des autels m'immolant chaque jour,
Pour les pauvres , pour Dieu je vivrai solitaire.
Prends ton vol , ô mon âme , et loin de cette terre,
Cherche aux cieux le bonheur et l'éternel amour ?

LA CHÈVRE

XVII.

LA CHÈVRE

En vérité, un verre d'eau froide donné en mon nom à l'un de
ces plus petits ne sera pas sans
récompense.

MATTH. x, 42.

La volonté du bienfaiteur touche plus que le bienfait.

CHARRON.

Dieu qui prend soin du pauvre, a mis dans la chaumière

Un trésor pour les jours mauvais :

La chèvre va brouter les fleurs de la bruyère

Et les change en un lait épais.

A la veuve indigente elle offre sa mamelle ,
  Et sous le toit du métayer ,
Quand la blanche liqueur à flots pressés ruisselle ,
  Il est fête au pauvre foyer.

L'orphelin trouve en elle une seconde mère
  Dont le sein fécond le nourrit ;
Et mourant de langueur , la jeune poitrinaire
  Lui doit le lait qui la guérit.

Pour verser l'abondance à ces pauvres ménages ,
  Pour tant de bien , que lui faut-il ?
Les débris des rameaux , quelques ronces sauvages ,
  L'épine , l'ajonc le plus vil.

Le long des verts sentiers , des grands chemins, la
 chèvre
  Paît l'herbe qui croît sur leurs bords,
Et de son pis traînant , le soir , à chaque lèvre
  Verse les limpides trésors.

Aux plus pauvres que vous, pauvres, donnez comme
     Un peu du pain de chaque jour ;   [elle
Que de toutes les mains une goutte ruisselle
     Dans le grand fleuve de l'amour !

L'ÉCOLE

XVIII.

L'ÉCOLE

> Consacrer sa vie à soulager nos
> douleurs est le premier des bien-
> faits, le second est de nous éclairer.
> CHATEAUBRIAND.

Dans cette salle nue entrez, voici l'école.
Voyez cet humble maître, à la simple parole !
Autour de lui rangés , sous l'œil du crucifix,
Sur des bancs de sapin les enfants sont assis;
Aux éclats de sa voix leur regard s'illumine,
Et leur âme s'entr'ouvre à la grâce divine.
De la Religion expliquant les splendeurs,
Il leur parle de Dieu, rappelle ses grandeurs,

Du père des humains dit la chute profonde,
Et l'Homme-Dieu promis pour le salut du monde;
Puis de la foi chrétienne il déroule à leurs yeux,
Selon l'ordre des temps, les faits mystérieux,
Des Prophètes sacrés dévoile les oracles,
Et du divin Sauveur la vie et les miracles;
Enfin pliant les cœurs aux règles du devoir,
Il enseigne à l'enfant tout ce qu'il doit savoir,
A servir sa patrie, à respecter sa mère,
Dans l'homme son égal il lui découvre un frère,
Lui montre dans le ciel la raison de ses droits,
Et dans la loi de Dieu le fondement des lois.

Témoin de tant d'efforts, de tant de sacrifices,
Ouvrier, c'est à toi de payer ces services;
Honore ce bon maître, et que son humble aspect
Réveille dans tes rangs bienveillance et respect.
Peuple, c'est ton ami; ce vêtement de bure
Te cache un cœur d'élite, une noble nature;
Vrai disciple du Christ, animé par la foi,
Aux attraits de ce monde il renonça pour toi;
Dans un labeur pénible usant son énergie,

Au bien de tes enfants il consacra sa vie,
Il tient près d'eux ta place et ne néglige rien
Pour façonner leur âme aux vertus du chrétien.

Et pour tant de bienfaits, pour tant de vigilance,
Que gagne-t-il ? l'oubli du monde et le silence.
Blasphémant sa grandeur , son sublime destin,
Le siècle, en son orgueil, le nomme *ignorantin*,
Et sous ce nom obscur , sa brutale ironie
Insulte, sans pudeur , son modeste génie.
Et pourtant dans les rangs de la société
Cet homme à pleines mains répand la vérité,
Et du monde oublieux qu'il instruit et console
Jamais, pour le bénir, ne sort une parole.
Tel, aux vallons fleuris, un limpide ruisseau
Prodigue, en se cachant , le tribut de son eau ;
C'est en vain qu'aux gazons, aux fleurs de la prairie
Il partage ses flots ; le pâtre ingrat l'oublie,
Et foule les gazons étalés sur ses bords ,
Sans songer au ruisseau qui nourrit ces trésors.

LA COLOMBE

XIX

LA COLOMBE

L'amour vient de Dieu, et ne
peut se reposer qu'en Dieu, au-
dessus de toutes les créatures.
Imitation de J. C., ch. X.

Au loin, sous la mer profonde

Dort le monde,

Partout le vide et les flots;

Seuls les cadavres surnagent

Et voyagent

Comme de sombres ilots.

Sur cette mer, vaste tombe,

La colombe

Ne sait où fixer son vol ,
Et tremble, quand elle pose
Son pied rose
Aux débris fangeux du sol.

Au milieu du noir déluge,
Nul refuge
Pour l'aile du pauvre oiseau ;
Plus d'abri dans le bocage
Sans feuillage,
Plus d'ombre sous le rameau.

Et la pauvrette brisée,
Epuisée,
Fuit d'un essor haletant,
Et regagne d'un coup d'aile
La nacelle
Où son nid soyeux l'attend.

Ainsi l'âme vagabonde
En ce monde
Promène ses vains désirs,
Et, pour tromper sa misère,

De la terre
Va quêtant les faux plaisirs.

Dans la beauté passagère
Elle espère
Trouver enfin le bonheur;
Mais toute joie est trompeuse,
Et nous creuse
Un abîme au fond du cœur.

Une image fugitive
Nous captive,
Une ombre, hélas ! nous séduit ;
Nous parons d'une auréole
Notre idole,
Mais le charme enfin s'enfuit.

Nos yeux s'ouvrent, et le rêve
Qui s'achève
Eteint même en nous l'espoir ;
Tout s'assombrit, dans notre âme
Plus de flamme,

Plus d'astres dans le ciel noir.

Ainsi, mon âme, à la terre
Ephémère
N'attache point ton amour ;
Pour trouver le bien suprême ,
L'amour même,
Monte au céleste séjour.

A toute beauté qui passe
Et s'efface,
Mon âme , il faut dire adieu ;
Entends la voix immortelle
Qui t'appelle
A l'amour, au sein de Dieu !

LE PROGRÈS

8

XX.

LE PROGRÈS

> Si les classes inférieures s'é-
> branlent avant que le christianisme
> n'ait été reconstruit dans les es-
> prits , l'Europe verra des luttes
> effroyables auxquelles rien ne res-
> semble peut-être dans les annales
> du monde.
>
> GERBET.

L'homme est puissant, le siècle est fier de ses succès,

Il marche, avance et court de progrès en progrès.

Comme l'Hercule antique, il dompte la matière;

La vapeur enfermée aux flancs d'une chaudière

A centuplé sa force ; un rapide tender

L'entraîne en rugissant sur la ligne de fer,

Et dans les fils d'acier la foudre condensée

A travers l'Océan fait voler sa pensée...

Et pourtant, écoutez ! l'homme souffre et se plaint,

D'un mal secret le siècle au cœur se sent atteint.

Maître de la nature et fier de ses conquêtes,

Il sent trembler le sol et pressent les tempêtes ;

Le trouble est dans les cœurs, et la société

Regarde l'avenir, pleine d'anxiété.

Ainsi l'extérieur est sain, l'âme est malade ;

On avance, dit-on, peut-être on rétrograde.

Comme un vaisseau sans lest et battu par les vents

Sillonne à tout hasard les espaces mouvants,

A travers les écueils que la tempête voile,

Au ciel, pour se guider, il cherche en vain l'étoile;

Partout la nuit, la crainte enchaîne les rameurs ;

Le pâle désespoir se glisse dans les cœurs ;

Le pilote éperdu que la vague environne

A la fureur des flots lui-même s'abandonne;

Ainsi s'en va l'Europe; au cœur des nations

Fermente le levain des révolutions ;

Des principes sacrés les bases éternelles
Fléchissent sous l'effort des doctrines nouvelles ;
L'égoïsme triomphe et dit : *Chacun pour soi*,
La force et le succès , on les érige en loi ;
La vertu n'est qu'un mot, l'or seul a du prestige ;
Jouir, c'est la sagesse ; un esprit de vertige
Souffle de toutes parts , et calme, indifférent,
Le monde sans effort suit le cours du torrent.

Si , las de ses erreurs et fatigué du doute ,
Notre siècle en avant veut reprendre sa route,
C'est vers la croix du Christ qu'il doit lever les yeux.
Le divin Labarum brille encor dans les cieux.
Le Christ est immortel ; pour réchauffer les âmes
Il a toujours gardé ses rayons et ses flammes.
Pourquoi , lorsque la source a de limpides eaux,
Aller tremper sa lèvre à de bourbeux ruisseaux ?
Il faut à notre siècle un point fixe, immobile :
Pourquoi chercher ailleurs ? il est dans l'Evangile.
La Foi du haut du ciel lui tend son câble d'or :
Que d'un bras vigoureux il s'y suspende encor.

Hélas ! plus d'idéal, les âmes affaissées

Vers l'or et le plaisir inclinent leurs pensées ;
L'esprit à la matière enchaînant sa raison ,
Croit que tout se termine où finit l'horizon ,
Que le but de la vie est dans la jouissance.
Qui nous relèvera ? La céleste *Espérance*.
Qu'elle brille, et jetant son ancre dans les cieux,
Qu'elle ouvre à nos regards l'avenir radieux,
Et détachant nos cœurs des attraits du sensible ,
Nous emporte en son vol vers le monde invisible !

Le monde dans son sein sent se glisser le froid ;
Les âmes sont de glace et le cœur est étroit ;
Contre cette atonie il nous faut un remède.
Nous avons en nos mains le levier d'Archimède ;
Avec la *Charité* soulevons l'univers.
Quand la terre endormie aux souffles des hivers ,
Sent des brises de mai passer la chaude haleine ,
Tout-à-coup, secouant la torpeur qui l'enchaîne ,
Elle renaît, s'éveille et se couvre de fleurs.
Que le souffle d'en-haut vienne échauffer les cœurs ,
Et le monde s'émeut , et dans chaque poitrine
Vont circuler les flots de la sève divine,

Au sein des nations court un nouvel esprit ,
Et sur la terre encor la vertu refleurit.

FIN.

TABLE.

Roanne. — Imprimerie FERLAY.

ERRATA.

Poème de l Espérance.

Page 14, 12ᵉ vers, lisez : Plus pures amours.
Page 18, 10ᵉ vers, lisez : C'est alors que la baie.
Page 74, 4ᵉ vers, lisez : linceul.